AF453035

CATALOGUE

D'UNE RÉUNION

DE

BEAUX OBJETS

DE LA CHINE & DU JAPON

TREIZE PIÈCES EN ÉMAIL CLOISONNÉ, BRONZES
DE LA CHINE ET DU JAPON, OBJETS EN
JADE, IVOIRES ET OBJETS DIVERS;

DONT LA VENTE AUX ENCHÈRES PUBLIQUES AURA LIEU

HOTEL DES VENTES

RUE DROUOT, SALLE N° 5

Le Samedi 16 Février 1867

A DEUX HEURES PRÉCISES

Par le ministère de M° **CHARLES PILLET**, Commissaire-Priseur,
rue de Choiseul, 11,
Assisté de M. **FEBVRE**, Expert, rue Laffitte, 12,
CHEZ LESQUELS SE DÉLIVRE LE CATALOGUE.

EXPOSITION PUBLIQUE

Le Vendredi 15 Février 1867, de 1 heure à 5 heures.

PARIS

RENOU & MAULDE
IMPRIMEURS DE LA COMPAGNIE DES COMMISSAIRES-PRISEURS
Rue de Rivoli, 144

—

1867

CATALOGUE

D'UNE RÉUNION

DE

BEAUX OBJETS

DE LA CHINE & DU JAPON

TREIZE PIÈCES EN ÉMAIL CLOISONNÉ, BRONZES
DE LA CHINE ET DU JAPON, OBJETS EN
JADE, IVOIRES ET OBJETS DIVERS;

DONT LA VENTE AUX ENCHÈRES PUBLIQUES AURA LIEU

HOTEL DES VENTES

RUE DROUOT, SALLE Nº 5

Le Samedi 16 Février 1867

A DEUX HEURES PRÉCISES

Par le ministère de Mᵉ **CHARLES PILLET**, Commissaire-Priseur,
rue de Choiseul, 11,

Assisté de M. **FEBVRE**, Expert, rue Laffitte, 12,

CHEZ LESQUELS SE DÉLIVRE LE CATALOGUE.

EXPOSITION PUBLIQUE

Le Vendredi 15 Février 1867, de 1 heure à 5 heures

PARIS

RENOU & MAULDE

IMPRIMEURS DE LA COMPAGNIE DES COMMISSAIRES-PRISEURS
Rue de Rivoli, 144

1867

CONDITIONS DE LA VENTE

Elle sera faite au comptant.

Les Acquéreurs paieront CINQ POUR CENT en sus du prix d'adjudication.

L'Exposition mettant les Acquéreurs à même de se rendre compte de l'état des Objets, il ne sera reçu aucune réclamation une fois l'adjudication prononcée..

DÉSIGNATION

DES OBJETS

—

ÉMAUX CLOISONNÉS DE LA CHINE

1 — Grand et beau Brazero composé de trois pièces; le bas avec bord à plate-bande soutenu par trois pieds à têtes d'éléphants en bronze doré, la partie centrale cylindrique ornée de six frises en cuivre repercées à jour, le couvercle dômé est dominé par un bouton en cuivre également à jour. Toutes ces pièces sont décorées de fleurs de marguerites en émaux de couleurs sur fond bleu turquoise.

2 — Beau Ting en émail bleu cloisonné supporté sur quatre pieds contournés et ciselés en bronze doré; sur les quatre faces sont des frises repercées à jour et émaillées sur une partie plate en bronze doré; le couvercle en partie repercé à jour est décoré de plusieurs ornements émaillés en relief et dominé par une chimère accroupie.

3 — Charmant Vase à col évasé contre-émaillé à l'intérieur. Pièce d'un charmant travail offrant en émaux gros bleu, jaune et vert de riches entrelacs, des fleurs, des frises, des rosaces et des palmettes; le tout sur fond turquoise nouvelle roche.

4 — Vase balustre à anses et anneaux mobiles, orné de quatre frises à œillets et une à palmettes se détachant en émaux de couleurs sur fond bleu profond.

5 — Vase forme Médicis en émail bleu turquoise cloisonné, orné de fleurs, de grecques et de raies-de-cœur de tons variés; anses émaillées à jour.

6 — Bol en émail cloisonné orné à l'intérieur et à l'extérieur de cinq frises de fleurs et d'ornements divers sur fond turquoise et blanc.

7 — Jardinière en émaux en taille d'épargne, décorée de fleurs de chèvrefeuille, de raies-de-cœur et d'ornements en tons variés sur fond en bronze doré.

8 — Deux Vases forme balustre à quatre faces en cuivre émaillé, fabrique de Hou-chow, riche décor à semis et médaillons de fleurs sur fond bleu et blanc; en haut et en bas du col, des frises de feuilles d'eau en cuivre doré.

9 — Coupe cloisonnée fond bleu turquoise translucide, ornée de fruits, de feuillages et paquerettes en émaux de couleurs.

10 — Petite Jardinière contre-émaillée, fond turquoise parsemé de fleurs encadrées de frises, le tout en tons variés; pieds et anses en bronze doré.

11 — Petite tasse et son présentoir à ombilic saillant; les deux pièces en émail cloisonné, fond turquoise orné de fleurs et d'ornements variés.

12 — Petite Tasse et sa Soucoupe en émail cloisonné, décorée de quadrilles en cuivre sur fond blanc, et aussi de frises et de rosaces en émaux de couleurs.

13 — Une autre Tasse et sa Soucoupe, même genre de décor que la précédente.

Bronzes.

14 — Brûle-parfums ayant la forme d'un rhinocéros ; pièce antique entièrement zébrée de lames d'argent incrusté.

15 — Beau Brazero de forme ronde, très-riche d'ornementation. Il repose sur trois pieds à têtes et trompes d'éléphant ; le couvercle à frise repercée à jour est dominé par un éléphant accroupi supportant un vase ; cette pièce est enrichie de pierres fines incrustées.

16 — Deux grands Vases-Cornets ornés de sept frises, richement ornementés, et enrichis de pierres fines incrustées.

17 — Vase de forme balustre orné d'une grecque, de deux frises et de palmettes damasquinées d'argent ; anses saillantes à têtes de pélicans.

18 — Petit Brazero, très-belle patine sur paillons d'or ; anses élevées à jour.

19 — Brûle-parfums supporté sur trois pieds élevés de forme cylindrique. Pièce d'un travail exceptionnel entièrement damasquinée d'argent.

20 — Coupe à anses d'une époque très-reculée, la panse entourée d'ornements en relief incrustés de métal, au centre desquels sont des bossages en malachite.

21 — Grand Bassin damasquiné d'argent, l'extérieur décoré d'une frise; l'intérieur représente un oiseau de proie s'abreuvant à une cascade.

22 — Petite Coupe ornée de fleurs et de branchages dorés sur fond chagriné en patine brune; anses à jour à trompes d'éléphants.

23 — Petit Brûle-parfums sur trois pieds élevés et contournés à têtes d'éléphants, le tour orné de figures et d'animaux.

24 — Petit Vase balustre richement décoré d'ornements saillants et dorés.

Jades.

25 — Jolie Coupe à anses évidées à jour prises dans la masse; autour sont des arêtes saillantes, des cartouches et des frises gravées avec l'emblème de la Prévoyance.

26 — Petite Coupe très-finement évidée, anses à jour prises dans la masse; sur le tour, frise cloutée en relief.

27 — Deux petites Tasses en jade vert translucide, montées sur pieds en bois de fer sculpté à jour.

28 — Hanap ou Coupe à une seule anse en jade blanc neigeux.

29 — Charmante petite Coupe ayant la forme d'une courge, jade blanc moucheté de parties vertes et blanches.

30 — Une autre même genre que la précédente.

31 — Deux Tasses de formes évasées en jade vert translucide.

32 — Mandarin debout, figurine en cristal de roche.

Porcelaines.

33 — Deux grands et beaux Vases à quatre pans de la
dynastie des Myngs; ils sont richement décorés de
personnages chinois dans des paysages; les cols sont
entourés de bouquets de fleurs émaillées.

34 — Grand Vase forme balustre fond turquoise, orné
d'un dragon dans des nuages et d'une carpe au milieu
des flots; le tout en relief sous émail très-finement
craquelé.

35 — Vase balustre orné de frises de fleurs et de fruits
en émaux de couleurs sur fond blanc.

36 — Vase de forme cylindrique en bleu de Perse
fouetté, orné en rehauts d'or de dignitaires chinois
dans des paysages.

37 — Joli Vase forme balustre à huit pans et à anses à
jour; belle qualité en émail flambé rouge rubis et
gris.

38 — Vase ovoïde allongé, très-bel émail bleu turquoise,
fond très-finement craquelé.

39 — Vase en blanc de Chine, riche décor en relief sous
émail; frises, palmettes et branchages.

40 — Vase à anses à jour, à fond émaillé; très-belle
imitation d'un vase de bronze, ancienne qualité.

41 — Vase de forme ovoïde, riche décor d'ornements et de fleurs vert malachite sur fond noir glacé vert, décor rare.

42 — Grand Vase à panse aplatie, ayant la forme de deux carpes accolées, fond émaillé rouge rubis.

43 — Vase à quatre faces, avec demi-ronds et parties rectangulaires en saillies sous émail lilas clair très-finement craquelé.

44 — Vase à grosse panse en porcelaine céladonnée vert d'eau, à frises de grecques gaufrées sous émail.

45 — Vase de forme cylindrique orné en émaux de couleurs, de vases de fleurs, de meubles et d'ustensiles chinois.

46 — Vase de forme ovoïde allongée, décoré de camaïeu bleu offrant des personnages chinois dans des paysages : scènes de la vie privée.

47 — Vase de forme cylindrique, décoré en brun sur fond blanc d'un dragon au milieu des nuages où éclate la foudre.

48 — Grande et belle Bouteille, fond en émail bleu de roi, sous lequel en bleu plus foncé se dessinent deux lions.

49 — Vase balustre, fond rouge corail, sur lequel se détachent en émaux de couleurs des frises à raies-de-cœur et des palmettes.

50 — Vase balustre orné en émaux de couleurs de cavaliers et de personnages chinois dans des paysages; fond chamois craquelé.

51 — Vase à grosse panse, fond rouge rubis craquelé, anses attenantes à mufles de lions.

52 — Bouteille à grosse panse et large goulot cylindrique, fond violet aubergine.

53 — Grande Théière de forme cylindrique, le goulot formé par une tête de biche; très-beau décor émaillé à lambrequins et meubles chinois.

54 — Vase à panse élevée, de forme lobée, fond bleu perse, parsemé de fleurs et d'insectes en émaux de couleurs.

55 — Vase cylindrique; la panse et le col ornés de paysages animés de personnages chinois; décor partie bleu, partie émaillé.

56 — Deux Jardinières de la dynastie de Kien-Long; elles sont de forme rectangulaire; anses élevées et contournées; beau décor d'ornements bleus en relief sur fond vert d'eau.

57 — Vase forme tulipe, fond bleu turquoise, très-finement craquelé.

58 — Grande et belle Bouteille en céladon rouge violet flambé, le goulot est entouré d'une salamandre en relief.

59 — Jardinière ronde et basse; autour de la panse décorée en émaux de couleurs de deux dragons combattant au milieu des nuages.

60 — Deux Bouteilles fond jaune indien, décorée en émaux de couleurs gravés, de chimères et animaux fantastiques dans des nuages.

61 — Jardinière de forme cylindrique, fond vert d'eau craquelé, le bas avec lames en rouge rubis simulant des flammes.

62 — Vase de forme ovoïde, céladon vert d'eau, orné de trois frises de fleurs gaufrées sous émail.

63 — Vase balustre à anses à jour à trompes d'éléphants. Très-bel émail fond bleu de roi.

64 — Deux Porte-bouquets cylindriques percés de médaillons ovales, fond émaillé gros bleu sur lequel se détachent en blanc et jaune deux dragons dans les nuages. (Dynastie de Kien-Long.)

65 — Vase à grosse panse en très-ancienne porcelaine imitant le céladon, orné en relief et barbotine de fleurs et d'insectes.

66 — Bouteille à col droit, toutes ses parties décorées en bleu d'un combat de dragons.

67 — Bouteille en céladon vert d'eau; elle est à double panse; la première offre une frise de pampres détachés à jour.

68 — Deux Jardinières rectangulaires, décor bleu sur fond blanc, offrant deux frises et des caractères chinois.

69 — Jardinière en grès cérame, fond brun émaillé, ornée de médaillons à fleurs de lotus, oiseaux et caractères chinois.

70 — Jardinière de forme ovale; l'intérieur en émail vert; le tour en émaux de couleurs : cours d'eau avec canards nageant au milieu de branches de lotus.

71 — Grand Plat, fond bleu turquoise, jaspé de noir.
Rare.

72 — Petit Vase à grosse panse orné d'une frise bleue
sur fond blanc et aussi de raies-de-cœur rouge corail.

73 — Plat de la dynastie des Myngs, représentant un empereur à cheval voyageant.

74 — Deux Coupes : l'une hexagone, l'autre octogone.
Riche décor de fleurs émaillées sur fond turquoise.

75 — Très-joli Plat de la dynastie des Myngs, orné d'une
frise et de fleurs au-dessus desquelles voltige un
papillon.

76 — Vase-Bouteille à anses cylindriques, fond émaillé
bleu, avec grues en barbotine.

77 — Vase cylindrique, décor en émaux de couleurs
offrant des personnages chinois dans des paysages.

78 — Beau Plat creux, le fond orné de personnages
en rouge de cuivre et émaux vert et brun.

79 — Charmante petite Bouteille, fond rouge-violet
flambé; le col entouré d'une salamandre en relief.

80 — Très-belle Corbeille ronde à galerie à jour; à l'intérieur, deux meubles et des vases de fleurs émaillés;
anses à jour.

81 — Petite Bouteille, très-bel échantillon imitant la
pierre dure, col entouré d'une salamandre.

82 — Vase à fleur, le tour avec décor d'enfants chinois
jouant autour d'une table.

83 — Deux Bols évasés, ornés à l'intérieur de frises et à l'extérieur de branches et de fleurs de grenadiers; le tout en émaux de couleurs.

84 — Jolie petite Bouteille à col évasé, fond jaune impérial truité.

85 — Petit Vase cylindrique, orné en émaux de couleurs, d'une frise et d'une branche de cerises sur laquelle sont perchés des chardonnerets.

86 — Petite Gourde à panse aplatie ornée en rouge de fer et bleu de deux pélicans.

87 — Deux petites Bouteilles fond rouge rubis flambé.

88 — Charmant petit Vase à côtes, fond vert tendre, orné sur deux faces de cartouches de dragons en relief.

89 — Petit Vase à long col, fond bleu turquoise craquelé.

90 — Gourde à double panse, fond vert impérial.

91 — Veilleuse à six pans, à quadrilles à jour; décor bleu à paysages et frises.

92 — Petite Bouteille à col évasé, fond émaillé vert camélia, très-finement craquelé.

93 — Divinité chinoise en ancien céladon rose craquelé.

94 — Petite Coupe, fond chamois émaillé avec caractères chinois, arbres et instruments de musique émaillés.

95 — Deux Bols, l'extérieur décoré de poissons au milieu d'herbages.

96 — Jardinière décorée en camaïeu bleu sur fond blanc de deux dragons.

97 — Deux Porte-allumettes de forme lobée, ornés de médaillons à personnages chinois.

98 — Bol en porcelaine de Satzuma, beau décor de personnages chinois et de lozanges en rouge de cuivre et or.

99 — Petit Vase à côtes imitant le bronze, dominé par une salamandre en relief.

100 — Petit Encrier ayant la forme d'un citron.

101 — Petite Bouteille, fond émaillé, imitant le bronze.

Divers.

102 — Écran en ancienne porcelaine, représentant en relief un Empereur assis ayant près de lui des personnages de sa cour; vêtements en bleu turquoise, laissant les chairs en réserve sur fond gros bleu.

103 — Très-belle Boîte hexagone en bois de fer naturel richement incrusté de burgau, fleurs, frises et ornements.

104 — Beau Cippe en ivoire sculpté, représentant un paysage chinois en relief avec pagodes et nombreuses figures.

105 — Grand et beau Plateau en bois de fer naturel incrusté d'ornements en burgau.

106 — Un autre, même grandeur et même genre que le précédent.

107 — Cippe en bois naturel décoré en relief de fleurs de pêcher en nacre et pierres de couleur.

108 — Boîte rectangulaire en bois de fer naturel incrusté d'ornements de burgau.

109 — Plateau vide-poche de forme rectangulaire, bois de fer naturel incrusté de burgau.

110 — Un autre plus petit que le précédent.

Renou et Maulde, imprimeurs de la Compagnie des Commissaires-Priseurs, rue de Rivoli, 144.   626